SOUVENIRS,

PAR A. H. ope

CINQUIÈME ET SIXIÈME PARTIES.

Paris.

CHEZ BARBA, LIBRAIRE, GALERIE DE CHARTRES, N.os 2 ET 3,

DERRIÈRE LE THÉATRE.FRANÇAIS.

1836.

SOUVENIRS.

CINQUIÈME PARTIE.

IMPRIMERIE DE L.-E. HERHAN, 380, RUE SAINT-DENIS.

SOUVENIRS,

PAR A. H.

Paris.

CHEZ BARBA, LIBRAIRE, GALERIE DE CHARTRES, Nᵒˢ 2 ET 3,

DERRIÈRE LE THÉATRE FRANÇAIS.

1836.

SOUVÉNIRS.

LA SIMPLE FLEUR.

Sur l'air : Aimable pastourelle.

J'aime quand je pose
Sur la femme un fleur,
Sur elle, je repose,
Sur son tendre cœur.
Viens sous ce hêtre,
Avec moi chanter.
De mon luth champêtre,
Mes accens écouter.

De mon ame, la pensée,
Cueille la fleur des champs,
Ma vie par toi animée,
Va courir dans les camps
Autour un atmosphère,
De bonheur est semé,
Règne sur cette sphère,
Longuement s'est exprimé.

1.

Charmante pastourelle,
Reine de ce hameau,
Sois immortelle ,
Suis moi sous mon berceau ,
Aussi jolie qu'aimable ,
Viens, ici, cueillir ,
Ma toute affable ,
L'amour, et , le plaisir.

Il faut que je parsème,
Ma route de lilas ,
Que la volupté j'y sème,
Il croit le ne m'oubliez pas,
Avec les autres, sois modeste,
Aie l'air décent,
Divine autant que céleste,
N'aie rien d'impudent.

Le temps commence ,
Pour les fleurs de la saison,
Quand cela balance,
Le sexe égare ma raison,
J'adore la violette,
Avec le maronnier ,
Et le son de la musette,
Qui se perd sous un baranier.

De la flute je joue ,
Et de ce chalumeau,
Un baiser sur ta joue ,
Je le ravis près de ce ruisseau,
Tu as l'ame délicieuse ,
Retentissent dans les airs,
Suivant une marche capricieuse,
Des nombreux éclairs.

Des fleurs, des jeunes filles,
Expirent toutes deux,
N'ont plus ces grâces gentilles,
Adieu leurs rêves heureux !
Un jouvenceau de la poitrine,
Meurt au printemps,
C'est Millevoye , à l'âme divine,
Ce poëte s'en va avant le temps.

L'ETNA ET LE VÉSUVE.

Sur l'air : Ah ! que de chagrins dans la vie !

C'est en Sicile ,
Que se trouve l'Etna ,
Dans cette belle Ile ,
Que bien j'admira ,
Au dessus de la mer , il s'élève ,
De dix mille pieds , élevé ,
Sa crête il relève ,
Il est bien situé.

Il est près de Messine ,
Sa Capitale , maintenant ,
L'Etna, d'une Romaine origine
De laves , il est pétillant ,
Le centre à Palerme,
Y fut longtems, jadis,
Où il y a plus d'un Therme,
Où sont des Bourbons les lys.

Elle est belle la Capitale,
Messine aux quarante dégrés,

Imposante la Cathédrale ,
Par ses peuples adorés ,
Ses deux mille bougies ,
Sont bien éternels ,
Ils s'y passent des folies ,
Avec des mortels.

J'y entendis une orgue ,
De l'Eglise de la cité ,
Je le dis sans morgue.
Elle retentit avec pureté ,
J'y vis une Vierge adorée ,
Belle comme Vénus de Médicis ,
Elle y fut idolatrée
Par mes péchés jolis.

A Naples , le fanatisme ,
Y est Roi souverain ;
Avec le despotisme ,
Dans le sang Napolitain ,
Mugit le Vésuve ,
Ce terrible volcan ,
Sort de sa cuve,
A des éruptions chaque an.

Il déborde sa lave,
A près d'une lieue de hauteur ,

Impétueux , il bave ,
Se précipite avec vigueur ,
Il jette de la cendre ,
Il est impétueux ,
Il faut l'entendre
Gronder en impérieux.

Il forme une vallée
Au fond un cône s'est formé ,
Elle est très isolée ,
Au bout le Vésuve a grondé
Il bouillonne le cratère
J'y vis Dona Sovanina ,
Une Napolitaine, une étrangère,
Ainsi elle se nomma ,
Avec passion je l'adora ,

Naples est sous un abime ,
Mais, semée de fleurs ,
Dieux, elle s'abime ,
Elle cause des malheurs,
Elle est sur sa ruine,
Jouis de la Napolitaine le souris,
C'est une femme divine ,
Tendrement tu me chéris.

LE PROSCRIT POLONAIS.

Sur l'air : de la Marseillaise.

On célèbre à Varsovie ,
Une douce union ,
Quand les fils de la patrie ,
Annoncent la révolution ,
Elle retentit l'émeute ,
Avec tout son bruit ,
Tel des chiens la meute ,
Le Russe s'enfuit.

Elle commence , à la fin de Novembre ,
De dix-huit cent trente, oui, tu tremblas,
Du sénat se dissipe chaque membre ,
Autocrate des Russes, petit Nicolas.

Un prince de la Russie,
Avec la fille d'un prince Polonais ,
Maintenant se marie
Elle a des attrais ,
On se révolte sur l'heure,
Eclate le canon,

Dans chaque demeure,
On entend chaque son.

Elle commence, à la fin de novembre,
De dix huit cent trente, oui, tu tremblas,
Du sénat se dissipe chaque membre,
Autocrate des Russes, petit Nicolas.

Continue la révolte,
Et, chaque Polonais,
Sent en son âme forte,
Qu'il veut surpasser les Français,
L'on fait des merveilles
D'infâmes les a stigmatisé,
En frémissent leurs oreilles,
Tous les a immolé.

Elle commence, à la fin de Novembre,
De dix huit cent trente, oui, tu tremblas,
Du sénat se dissipe chaque membre,
Autocrate des Russes, petit Nicolas.

D'un inéffaçable stygmate
A jamais les effaça,
Son fusil jamais ne rate
En Polonais, se vengea,
Il les stygmatise
De son populaire fouet,

Il faut qu'il les détruise,
Il en fait un hochet.

Elle commence, à la fin de Novembre,
De dix huit cent trente, oui, tu tremblas,
Du sénat se dissipe chaque membre,
Autocrate des Russes, petit Nicolas.

On apprend la nouvelle,
A saint Pétersbourg,
Et, bien dure, cruelle,
Le triomphe de l'armée rébelle
De la ville au faubourg,
On traverse la Vistule,
Avec les troupes de l'Empereur,
Varsovie en hurle,
Le Polonais n'en a pas peur.

Elle commence, à la fin de Novembre,
De dix huit cent trente, oui, tu tremblas,
Du sénat se dissipe chaque membre,
Autocrate des Russes, petit Nicolas.

On prend Varsovie
Ciel! j'en frémis
On y commet l'infamie,
Mon cœur tu en bondis,

On cherche en France,
Un asyle, contre l'atrocité,
Pays de la vaillance
Où l'on trôna la liberté.

Elle commence, à la fin de Novembre,
De dix-huit cent trente, oui, tu tremblas,
Du sénat se dissipe chaque membre,
Autocrate des Russes, petit Nicolas.

Il fut en prison en Prusse,
Le Polonais, sa fille, six mois,
Les consola le prince Russe,
Y meurt, subit de dures lois,
Sa fille est souffrante,
Va à pied tout le chemin,
Elle est mourante,
Elle arrive en France le matin,
Notre frontière lui tendait la main.

Elle commence, à la fin de Novembre,
De dix-huit cent trente, oui, tu tremblas,
Du sénat se dissipe chaque membre,
Autocrate des Russes, petit Nicolas.

LE DERNIER FESTIN DES GIRONDINS.

Sur l'air : l'Amour de la patrie.

On les condamne ,
Les modérés Girondins,
Leur ame se damne ,
Ils font des festins,
Ils paraissent à la barre ,
De la salle de la convention,
Leur attitude est bizarre,
On prononce leur condamnation.

Ils sont à la conciergerie,
Ces partisans modérés,
Ils quitteront la vie,
A la mort condamnés,
Est imposante leur attitude.
Monteront demain sur l'Echafaud,
Ils ont peu d'inquiétude,
Leur sang bondira chaud.

Ils sont dans cette salle,
Pensant à l'avenir,

Il y a plus d'une dalle,
Ils savent ce qui va leur advenir,
Il y a plus d'un grand homme,
Fameux dans la postérité,
Que la gloire nomme,
Qui ici est emprisonné.

Un banquet l'on commande,
Beau, soigné luxurieux,
Des mets l'on demande,
En ces brillans lieux,
Cet endroit pas ne se décore,
De riches lambris,
De pierreries jamais ne s'y dore,
Ni de tendres houris.

Une harmonie mâle,
Se mêle aux banquets,
Nous allons voir la mort pâle,
Je me régale de ce mets,
Entonnons d'une voix masculine,
Ce festin d'Anacréon,
Notre allure n'est pas féminine,
Perdons tous la raison.

Il est six heures,
Passées du matin,

En ces sanglantes demeures,
L'on mène chaque Girondin,
On tranche leurs têtes.
Par les mains de l'exécuteur,
Celles des sots, et des poêtes,
La toile en tombe d'horreur.

LE BANQUET D'ANACRÉON.

Sur l'air : Vive l'amour, le vin et le tabac.

Il naquit à Athènes,
Anacréon le gai,
La poésie alluma ses veines,
Vit le jour en mai,
Il se couronne,
De roses, de laurier,
Il est couvert de la couronne,
De plus d'un guerrier.

Il chante Aspasie,
Et la divine Laïs,
Autant jeune que jolie,
N'a jamais de soucis,
Il a Alcibiade,
Ainsi que Xénophon,
Chante plus d'une ballade,
L'amusant Anacréon,
L'auteur de plus d'une chanson.

On y boit du Falerme,
A plein gentil bord,
Quelle volupté suprême!
Chacun est d'accord,
On y prend à rasade,
A grand plaisir,
Personne n'est malade,
Tous d'applaudir.

Il faut que je goûte,
De ce chambertin,
Qu'avec toi je goûte,
Avec ce délicieux vin,
Oui, je me repose,
Sur de l'Oporto, du clos Vougeot,
Je cueille une fleur sur ma rose,
Il me rend pas sot.

J'y bois a plein vase,
Du champagne de Sillery,
Je n'ai plus d'emphase,
Avec le rosé d'Aï,
Mes lévres j'humecte,
Du café de Moka,
De bonne odeur elle est couverte,
Bien je la vida.

Je fume ma pipe,
Du punch je bois,
Mon ennui elle dissipe,
En mon gosier je le reçois,
Il faut que j'avale,
Du vin chaud,
Que je m'en régale,
Je ne suis pas un nigaud.

J'aime l'eau de vie,
Quand je la mèle au café,
La joyeuse folie,
Je me suis bien bourré,
Quand elle est bonne,
J'adore la liqueur,
Alors cela me donne,
Beaucoup de cœur.

Avec mes amis, je pompe,
De ce grog énivrant,
Dans mon hôtel la pompe,
Il me rend délirant,
Oui bien j'en verse,
Du brischof dans mon palais,
Tout je renverse,
Des Rois , les palais.

LA BAYADÈRE.

Sur l'air : Une robe légère.

Il est une Bayadère,
Qui dans les Indes parait,
Aussi vive que légère,
Brille de plus d'un attrait,
Elle est bien la sauvage,
Son œil est vif,
Habite un vert bocage,
Près d'un genet, et d'un if.

Elle chante, danse,
Avec les objets de son affection,
Plus d'une contredanse,
Elle et sa passion,
Elle a des compagnes,
Qui avec elle chantèrent,
Parcourent les montagnes,
Avec elle dansèrent.

La Bayadère chante,
Chacun de l'écouter,
Partout on la vante,
On se laisse captiver,
Elle naquit aux Indes,
Dans une rose, m'a-t-on dit :
Ce n'est pas un pays de dindes
Car la Bayadère elle produit.

Elle habite une grotte,
Des parfums énivré,
Ici il n'y a pas de crotte
D'aromes, l'air est parfumé,
Elle est près du Gange,
N'a jamais de fiel,
C'est un second ange,
Est douce comme du miel.

Un ordre vient de paraitre,
Une sévére, cruelle loi,
Qui à l'instant vient de naitre,
De ne recevoir nul Paria chez soi,
Elle dort dans sa caverne,
On y frappe à minuit,
Elle apporte sa lanterne.
Un Paria vient d'y entrer la nuit.

Déjà elle l'adore,
Il est bien le Paria,
Malgré elle, y pense encore,
Près de lui elle dansa,
Près de lui chanta.
On sait la loi transgressée,
Un bûcher on a dresser
La Bayadère est condamnée
Ils montèrent tous deux sur le bucher.

LA CRÉATION D'ÈVE.

Sur l'air : Matin et soir, Dieu des amours.

————

Il est dans la terre promise,
Adam le premier né,
Son âme est conquise,
Du chant des oiseaux il est bercé,
Rien que la simple nature,
Etait dans le paradis,
Pas encore la culture,
Des regards chéris.

Le phénix des bois l'hôte,
Avec le bengali,
Que leur voix jamais s'ôte,
Ainsi que le comenli,
Le colibri, l'oiseau-mouche,
A l'Eden va gazouillant,
Il n'est pas farouche,
Est tout papillonnant.

Adam sommeille,
Une cote on lui a oté,
Ciel il s'éveille,
C'est la divinité,
Qui la femme a créé,
Il fit la femme la seconde
Jolie comme Vénus,
Son auteur la seconde,
Les yeux d'Adam sont éperdus.

Ils virent l'arbre de la science,
Du bien, et du mal,
Perdent leur innocence,
Quel dénouement fatal,
La première l'enchanteresse,
De ce fruit en mengea,
Et quelle ivresse,
Dieu de l'Eden les chassa,
Un ange avec son glaive le garda.

Adam papillonne,
Près de son sexe enchanteur,
Son cœur en bourdonne,
Eve est son ange consolateur,
Adam beaucoup boude,
De pleurs il est mouillé,

Appuyé sur son coude,
Eve près a papillonné,
Ainsi l'a consolé.

Son sein il découvre,
Dieux il a palpité,
Ses mamelles ouvre,
Adam à tout dévoré,
Eve gazouille.
Cache tes appas que je ne saurais voir,
Adam plus de larmes se mouille,
Calme son désespoir,
Eve le rend à l'espoir,

Son cœur s'agite,
Doucement palpite,
Dieu ne fit rien de mieux,
Adam hésite,
Près d'Eve son objet radieux,
Ils se nourrisent de l'arbre,
Du fruit défendu,
Il y a pas de palais de marbre,
Mais plus d'un verger touffu.

LOUIS XVII.

Sur l'air : Une fille jolie. (Romance de Berton.

On conduit Marie-Antoinette,
Au lieu de l'exécution,
Résonne la trompette,
Eclate la conspiration,
Monsieur de Malesherbes,
Accompagne le Roi,
Tu anéantis les superbes,
Tu les mets en émoi.

La vertu sur la terre,
Par Louis représenté,
Le peuple de son tonnerre,
Ce monarque a foudroyé.
Mais les téméraires,
Dieu de l'enfer leur ouvre le chemi,
Barre leurs rages sanguinaires,
Abraham reçoit le Roi dans son sein.

Déjà il les foudoye,
De son foudre sanglant,

Dieu son armée envoye,
Les tue de son glaive foudroyant,
Prète l'oreille attentive,
Aux armes le cliquetis,
Là tout le captive,
La fuite des ennemis.

Des Rois le modèle,
Louis dix-sept naquit,
Son âme est telle,
Qu'en grâces il s'embellit,
Dans l'Allemagne,
On l'enferma dans une tour,
Y regretta la compagne,
Pleura chaque jour.

On lui met un masque,
Tel celui du masque de fer,
Ce fils d'un monarque,
Brisa son fer,
Devint Schiller,
Il a une lime,
Dans sa bouche l'a gardé,
Ses chaines lime,
Il les a toutes rivé.

Sa force captive,
Renait à la liberté,
Son ardeur est vive,
Veut être renommé,
Il fit la fiancée de Messine,
Wallenstein, Don Carlos,
D'une haute origine,
S'en réveillent les échos.

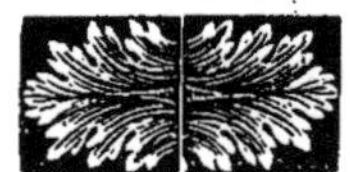

L'ANDALOUSE.

Sur l'air : Jeune Albanaise, aux pieds légers.

———◦◦◦———

Sur ma pelouse,
Pendant l'été,
Avec mon Andalouse,
Je me suis égaré,
Sous de la mousse,
Je suis étendu,
Avec mon ange déchu,
Croit et pousse,
Du simple appareil vétu.

Je vas m'étendre,
Tout près de toi,
Tes accens entendre,
Je suis plus heureux qu'un Roi,
Tu habites les Pyrenées,
Tu me rends heureux,
Mes flammes réveillées,
Sur ces hauteurs glacées,
S'animent par tes yeux.

Je m'anime,
Par tes accens,
Tu as l'air sublime,
Tu excites mes sens,
Dans la prairie,
J'y puise toujours,
Une douce vie
Avec mes amours.

Je ne me lasse,
De te regarder,
Ta figure grasse,
De l'admirer,
Il faut que je puisse,
Sans pouvoir tarir,
Je la courtise,
Qu'elle me séduise,
Comme Zéphir.

Oui elle m'irrite,
Par son amenité,
Près d'elle j'habite,
Mes vœux excite,
Tel l'amour et Psyché,
Elle a des charmes,

Le sexe de mes vœux ;
Je suis sans armes ,
Je ne suis pas malheureux.

Il y a de la ressource ,
Mon objet n'est pas sot ,
Du bonheur a la source ,
Sait dire plus d'un mot ,
Je courtise une autre personne ,
De moi se méfia ,
La trouva près de la Madone ,
De son poignard la tua.

LA MORT DE VVALLENSTEIN.

Le général consulte,
L'Italien Gennaro.
S'il a un sort injuste,
Il naquit à Pesto,
Il est dans son laboratoire,
Il lui prend la main,
Je te prédis une destinée noire,
Tu mourras voulant te faire souverain.

Jamais il ne tremble,
Il est dans son cabinet,
Tout lui semble
Qu'il lui cache un secret,
Wallenstein y pense,
Tout seul il en hennit,
Au pouvoir futur immense,
De cet augure en frémit.

Pappenheim arrive,
Avec son régiment,
Au château sa voix est vive,
Wallenstein en est mécontent,
De l'empereur d'Allemagne,
C'est le plus ferme appui,
Plus d'une bataille gagne,
C'est son meilleur ami.

Son âme ambitieuse,
A la fin s'endort,
Sa pensée est bileuse,
Il voit Henri-quatre pâle tel la mort,
Il lui montre son épée,
A Wallenstein ce général,
Sa parole redoutée,
Lui annonce un sort fatal.

Il avait pour maîtresse,
L'empereur Ferdinand,
La femme de Wallenstein, dont la tendresse,
Le consola, lui si petit, lui si grand,
Avec elle il dine.
Vous êtes mon prisonnier,
Dit Wallenstein d'une voix divine,
De vous j'aurais dû me défier.

Que l'on obéisse à mon ordre ,
Dit Ferdinand, à ma volonté ;
Tout se met en désordre :
Derrière ce rideau, des soldats j'ai caché.
Pappenheim se montre
Avec ses soutiens nombreux ,
Son courage Wallenstein démontre ,
Il expire en courageux.

Il est mis au banc de l'Empire
Dix mille francs à qui le trouvera ;
Tant qu'il respire ,
Mort ou vif on l'aura.
Il veut se faire
L'Empereur nommer ;
Ainsi se satisfaire ,
Ferdinand remplacer,
A l'instant on vient de l'immoler.

LA FIANCÉE DE MESSINE.

Sur l'air : Heureux habitans des montagnes.

Une femme l'on enterre
A Messine la cité,
On la met en terre,
Pour elle l'on a prié,
Chacun s'est retiré ;
Elle est célèbre,
Allait se marier,
D'une pompe funèbre
On vint l'entourer.

L'on dresse un mausolée,
Beau tel sa grandeur,
Elle s'est illustrée,
Tremblez de frayeur.
Tous la pleurent davantage ;
Montre son spectre effrayant,
D'un masque couvre son visage,
J'expire et tremblant,
D'un autre à un enfant.

L'on fête sa noce
Avec un Sicilien,
A l'ame féroce ;
C'est un vrai Italien ;
Oui, elle se fâche,
Si son visage il va découvrir,
Un cadavre dessous elle cache,
N'ose pas en convenir.

Un véritable sbire,
Aussi lâche que vil,
Elle augmente son ire,
N'a rien de viril ;
C'est un ignoble comte,
A vendre est bien fameux,
Sur elle il compte,
L'octogénaire orgueilleux.

Elle donne une fête,
Sa fille partout a cherché,
Voit une jeune tête,
Son enfant a rencontré,
Dans ses bras s'est précipité ;
Il porte ses yeux d'infamie
Sur cet enfant innocent.

Allons, célébrez votre seigneurie,
Ce palais que l'on incendie,
Dit la femme, ainsi je te fête insolent.

L'ITALIE ET LA SICILE.

Sur l'air : De l'aimable solitude.

Je m'embarque à Marseille ,
A Fréjus dans la mer je me suis jeté,
Où Napoléon, la huitième merveille,
De l'île d'Elbe a débarqué ,
Nous eûmes vent contraire ,
Et du champagne je m'enivrais ,
Ce vin ne me fait pas taire,
Trois bouteilles j'en vidais ;
Ainsi le mal de mer j'oubliais.

C'était sur le Henri quatre ,
Sur ce bateau à vapeur, français,
Que je fis le diable à quatre ;
Bien je m'en délectais,
Divinement je manie ,
Voluptueusement fort bien ;
Dans ma belle Italie ,
Du poète j'ai la maladie,
Je ne suis plus bon à rien.

A Gènes je débarque ,
Je vis l'annonciata, la belle vision ,
Puis je visitais sur une barque
Son port le plus beau de cette région.
A Livourne, ville de Toscane,
Je vis son port commerçant ,
Où une Juive j'y fane ;
Son commerce y est florissant.

Nous reçûmes la pluie
Dans le port de Civita-Vecchia ,
Ce bonheur jamais je ne vous envie ,
Froidement les états du pape je contempla ;
Me voici à Parthénope ,
Le plus beau port de l'univers ,
Du mystère je m'enveloppe ,
Pour décrire la reine des mers.

C'est la capitale du royaume ,
Du riche et beau Napolitain ;
Je préfère le chaume
D'un pauvre vilain ;
J'y vis une personne ,
De Raphaël la création ,
L'objet de ma passion ,

Aussi belle que bonne,
Un diamant, une perfection.

Je vis le château Caserte,
Les trois temples de Pestum,
De verdure elle est couverte,
Pompeï et Herculanum ;
J'y vis le théâtre de Saint-Charles,
Pausilippe, la grotte du Chien,
La jolie Vénus d'Arles,
Le tombeau de Virgile: le tout est bien.

Je partis pour la Sicile,
A Palerme j'ai débarqué,
Elle me plaît cette île,
Par sa tendre gracieuseté,
C'est de la Sicile la capitale ;
J'y vis où mourut Anchise, Trapani,
Et plus d'une cathédrale,
Syracuse, endroit joli.

J'admirais à Syracuse
L'oreille de Denis le roi,

Ce tyran volontiers s'amuse
A mettre ses sujets en émoi,
J'y vis le temple de Ségeste,
A Agrigente j'arrivais,
D'un mont de boue je vis le choc funeste,
Terriblement tu m'étonnais.

Après j'arrive à Rome,
Le Colisée, St-Jean de Latran.
J'y respirais cet arome,
Le palais des Césars, le pape ce tyran,
D'Ostie je vis la verdure,
Il y a plus d'un petit port ;
De Saint-Paul hors les murs l'architecture,
Où avec un couteau on vous donne la mort.

J'y vis la cathédrale Saint-Pierre,
Le Moïse de Saint Pierre-aux-liens,
J'y ramassais plus d'une pierre,
Tombeau de Néron tu te soutiens,
Dans Saint-Pierre j'y entre,
Je m'extasie devant un baldaquin,
Plus d'une fois j'y rentre,
Il est tout d'airain.

Je m'en vais à Florence,
J'y vis le jardin Pitti,

De l'Arno l'inclémence,
Plus d'un œillet épanoui,
J'y vis le tableau de la Fornarine,
La Vénus de Médicis, le portrait de Raphaël,
Celle de Canova prise sur le modèle de la prin-
Plus d'un peintre immortel.　　[cesse Pauline,

Je suis maintenant à Venise,
J'y vis des doges le palais,
L'armée d'Autriche t'a conquise,
De la place de Saint-Marc les traits,
Pour Trieste je navigue,
Le théâtre qui est neuf,
Il y a plus d'une forte digue,
De ce pays j'ai brisé l'œuf.

De Milan j'approche,
J'y vis le théâtre de la Scala,
Du dome je suis proche,
Bien nonchalamment je flana,
J'y vis la cathédrale,
Dans la ville de Turin,
Dans cette jolie capitale,
J'y vis plus d'un œil lutin.

Oui, j'arrive à Nice,
Des poitrinaires c'est l'endroit.

Ce pays est sans artifice,
Il est resserré ce détroit.
Ah ! je suis en France,
J'en étais exilé deux ans,
Capitale de la Vaillance,
Je revois mes amours ranimans.

J'y vis le portrait du vainqueur des Gaules,
De César, conquérant d'Arioviste ce germain ;
César, tel Hercule ébranla le globe de ses épaules,
Fut premier empereur romain ;
J'y vis le tombeau de Virgile,
L'Énéide il a chanté,
A une verve élégante, facile,
François premier il m'a inspiré.

J'y vis la fontaine de Polandusie,
Dont on a fait un lavoir,
Comme son eau s'est croupie,
Cet outrage je ne peux pas voir,
Cette fontaine est à Syracuse,
Là chanta Horace au luth léger ;
C'est lui qui éveilla la muse,
L'ame de l'immortel Béranger.

J'y vis la Méditerranée,
Naples, moitié français, moitié oriental,

Où l'Italienne à l'ame poétisée ;
M'extasia par son visage idéal ,
J'y vis la mer Adriatique ,
Venise où Desdémone y fut tué par Othello ;
Triompha de l'Afrique ,
Vainquit Gênes dite la magnifique ,
Y fut doge de la république ,
L'époux d'Héléna Marino Faliero.

LUTHER ET LÉON X.

Sur l'air : *Je suis carmelite, moi !*

————

Léon dix commence à bâtir
La basilique de Saint-Pierre,
Solidement l'établir,
Avec plus d'une pierre ;
Dans tout l'univers,
Il vendit des indulgences ,
Y forgea des fers ,
On y vit que des démences ,

Chez les Allemands ,
On en reçut de ces bulles ,
On les y traita de brigands ,
En secret peuple tu en hurles ,
Luther le premier
Maudit la Sainte-Basilique ,
En une ville vint tous les incendier ,
Il avait une énergie antique.

Enlevé par quatre chevaliers,
En un château on le transporte,
Il s'y couvrit de lauriers,
Il faut qu'il en sorte ;
C'était un simple capucin,
Il vit le démon, esprit malin,
De l'encre il renverse,
Elle reste lancée par sa main,
Les projets il traverse
De Léon dix le Romain.

Il va voir le pape somptueux,
Luther, Léon dix le pape,
Ce despote soucieux,
De son fer il faut qu'il le frappe,
Il le trouve dormant,
De son poignard il joue,
Il va se réveillant,
Luther lui donne un soufflet sur la joue.

Une bulle d'excommunication
A l'instant je te prépare,
Dit Léon dix, c'est ta condamnation ;
Il faut que Saint-Pierre je pare,
Non, je la brise, veux-tu être cardinal ?

Près de moi tu auras ta place,
Ton pouvoir sera sans égal,
On se prosternera devant ta face.

Moi, fléchir devant ta loi,
Il faudrait que je m'avilisse,
Me courber près de toi,
Que ma vertu je salisse,
Il est impossible que je fléchisse;
Une église je la bâtis,
C'est Saint-Pierre à Genève,
Ta rivale je la finis,
Là mon cœur vers Dieu réellement s'élève.

Je suis le premier luthérien,
Toi tu es catholique,
Je ne peux pas ployer en rien,
Je suis trop poétique;
J'ai Calvin surtout Mélancthon,
Qui la Suisse éclaire
De sa calme raison,
A tes folies je ne peux satisfaire.

LA BELLE AUX BOIS DORMANT.

Sur l'air : Ainsi que l'aurore.

On prononce un mariage ,
En Helvétie un hymen ;
Ils sont tous deux dans leur jeune âge ,
La femme n'est pas sans moyen ,
A haute voix on le prononce ,
La fiancée a des yeux bleux,
Tel son lac elle s'annonce ,
A quelque chose de langoureux ,
Et de bien vaporeux.

L'ardente hyménée ,
Dans cette belle nation ,
Décidément est prononcée
Avec la jeune fiancée ,
Et la sainte bénédiction ,
Elle est douce, candide ,
Est gentille à croquer;
Il l'aime de ce qu'elle est timide,
De ses bras va l'enivrer.

On lui donne en échange ,
Une mauvaise femme avant avait ;
Le ciel lui prodigue un ange ,
Qui mieux que l'autre valait ,
Avec elle il langoure ,
La première douce nuit ,
Ses charmes il savoure ,
A en perdre tout son esprit.

Elle est bien blanche ,
A se mettre à genoux devant ,
Belle, telle la reine Blanche,
A quelque chose d'embaumant ,
Pour elle il prodigue
Caresses et plus d'un soin ,
Dans sa barque avec elle navigue ,
Il rame au besoin.

Napoléon créait les cent-suisses,
D'Helvétie tous les appelait,
L'Europe il faut que tu punisses,
De la vengeance qui se préparait;
Sa femme elle arrange ,
Il va partir, son havre-sac,
Tout en ordre elle y range ,
Il va voir le bivouac.

Il laisse une fille,
D'un an seulement âgé,
Aussi jolie que gentille,
Tristement le guerrier il a pleuré
Puis son chalet il a quitté,
Il arrive à Paris, le Directoire,
Etait renversé par Napoléon,
S'y couronna de la victoire,
Cet empereur de la gloire,
Chassant le vieux Bourbon,
Assista au siége de Toulon.

Il vient aux Pyramides,
A Marengo, Ulm, Iéna,
Dans leurs forces intrépides,
La renommée l'attacha,
Il retourne après vingt années,
Personne ne le reconnut,
Il avait de tendres idées,
Sa femme depuis long-tems mourut.

Il rencontre une créature,
Elle a vingt ans environ,
D'une charmante structure,
En Helvétie, son canton ;
L'homme en a quarante,

La femme il l'a épousé,
Très bien elle l'enchante,
C'est avec sa fille qu'il s'est marié.

LE TASSE.

Sur l'air : Apollon toujours préside.

Le Tasse naquit à Sorente,
D'un père peu fortuné,
Son âme était innocente,
Plus tard il sera distingué ;
Il se nommait le Tasse,
Né près de Naples fleuri,
Sa vie je repasse
Et son esprit épanoui.

Sa verve sera chaleureuse,
Celle de Forquato Tasso,
Quelquefois bien malheureuse,
Sa voix masculinera l'écho,
Il aura de la verve,
Les croisades il chantera,
Rien absolument ne l'énerve,
Pierre l'hermite réveillera,
De sa harpe le masculinera.

De Naples la mode
Veut qu'à Sorrente durant la chaleur,
On s'y balsame, c'est commode,
Et y respirer la fraîcheur.
Dans cet état monarchique,
Le ton veut qu'on aille à Castella mare aussi,
Où une odeur balsamique
Embaume ce sejour ainsi.

Chaque solitude s'y balsame
De Liothrope, de Camélia,
Y fit la chaude âme,
Où le Tasse s'y mêla,
Il commença sa Jérusalem délivrée,
A Sorrente parmi les citronniers,
Armide par lui fut chantée,
L'âme de Renaud par elle captivée,
Il écrit au milieu des orangers.

Il allait dans la ville de Ferrare,
Où le grand duc Alphosne était,
Et Eléonore, femme rare,
Avec son frère elle régnait;
Le Tasse y chanta les croisades,
Son long poème y termina,
Y mit bien des ballades,
A Alphonse d'Est le présenta.

Il vit la princesse Eléonore,
L'aima de tout son cœur,
Lui parle et l'adore,
En secret fut son adorateur;
Il en fut fou, perdit la tête,
En les prisons de Ferrare il mourut ;
Le Tasse, ce génie, ce poète,
Expira tel qu'il vécut.

LES FOIRES DES CAMPAGNES.

Sur l'air : C'est bien du chambertin.

Appuyé sur un chêne,
Hors la barrière j'étais,
J'y bus du vin de Surène,
Gaiement tout j'y regardais,
J'y pris du vin à quatre,
Assis sur un tonneau,
J'y chantai vive Henri quatre,
J'étais dans un hameau,
Que j'aime mieux qu'un château.

Quand je suis dehors la barrière,
Que j'entendis le crincrin,
J'y dépose mon allure altière,
Avec la beauté je m'égare en chemin,

J'adore quand j'inonde,
Dans un sexe doux comme un agneau,
Qu'elle soit brune ou blonde,
C'est plus, c'est trop beau.

Ciel, quel grand tapage,
C'est le bruit du violon,
Le désordre, le remue-ménage
Se mêlent à chaque son;
Il est assis sur une tonne,
Des besicles sur son nez,
Le veillard faiblement tonne,
Il joue faux, écoutez.

J'y vois la villageoise allure,
De la charmante beauté,
Bien champêtre posture,
Sur laquelle je me suis appuyé;
J'y aperçus la loterie,
Où l'on gagne des macarons;
Une femme jolie,
Acheter des mirlitons.

Des marchands de pains d'épices
Me proposèrent d'en acheter,

En ce genre ils ne sont pas novices ;
De la girafe je vins de me bourer,
La colique elle vint de me donner.
J'entrais sur une toile peinte.
Des sauvages de Paris, des animaux,
J'y vis la bandaderie dépeinte,
Des tours bien peu nouveaux.

Ici l'on rend l'argent à la porte,
Cela ne coûte que deux sous ;
J'y suis, je trempe dans un plat ma main forte,
Je ne la remets pas encore dessous,
Je joue à la friponne de foire,
J'y gagne une terrine de Nérac,
Elle est vide, quelle histoire,
Au second numéro, du tabac.

LES ACCAPAREMENS.

Sur l'air : La maison de M. Vautour est celle où vous voyez un âne.

C'est chose défendue,
Que les accaparemens ;
Et bien peu entendue
Par les hommes contens ;
Dans leur jalousie sans égale,
Ils voulurent m'accaparer :
La lutte était inégale,
Il fallait moi vaincre ou succomber,
Tous trois à moi seul je vins les terrasser,
Devant le public je vais les satyriser.

Il fut moucheur de chandelles dans l'opéra-co-
Ce monsieur de Fausset,   [mique

Il eut l'air d'un étique,
C'est un bien vieux coquet,
Il est extrêmement maigre,
Ressemble à un coucou,
Empeste toujours l'aigre,
C'est un véritable fou.

C'est un médecin sans cause,
Que monsieur de Balai,
En son cabinet tout seul il cause,
N'est pas aussi bien que le mois de mai,
Il n'a pour cliente que sa portière,
A laquelle il parle latin,
Il la courtise l'horrible sorcière
Ce scélérat de faux médecin.

Il croit avoir inventé l'imprimerie,
Monsieur le gros de Ventru,
Il prétend que c'est le type du génie,
Avec son habit rapé il a paru ;
Comme un paon il se pavane,
Quand dans mes voitures il se promenait,
Je le comparais à un glouton d'âne,
Personne jamais il ne saluait,
Tout haut de lui on se moquait.

FIN DE LA CINQUIÈME PARTIE.